77137

林屋集卷之七

山人蔡羽著

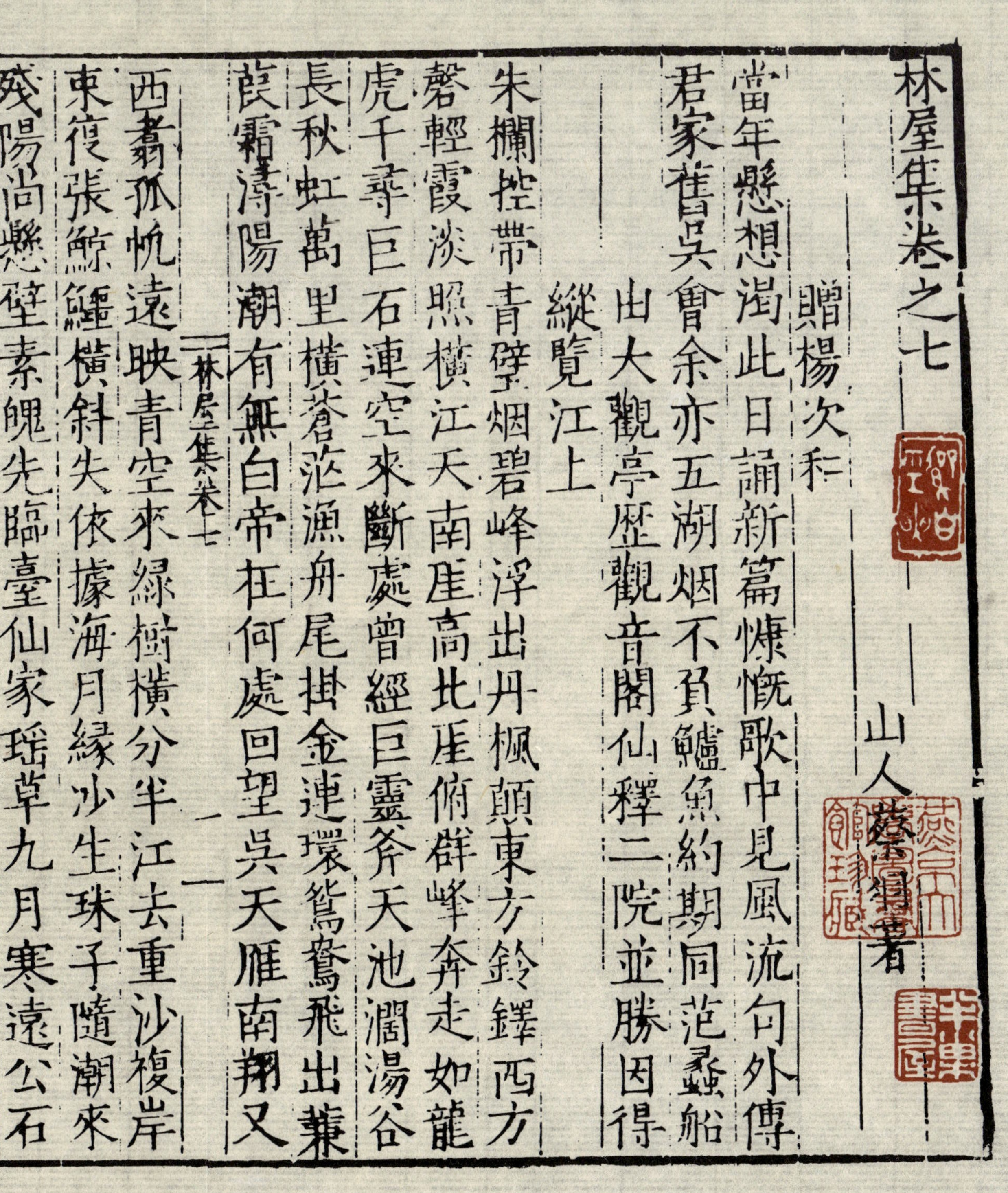

贈楊次和

當年懸想渴此日誦新篇慷慨歌中見風流句外傳君家舊吳會余亦五湖烟不負鱸魚約期同范蠡船

由大觀亭歷觀音閣仙釋二院並勝因得縱覽江上

朱欄控帶青壁烟碧峰浮出丹楓顛東方鈴鐸西方磬輕霞淡照橫江天南崖高北崖俯群峰奔走如龍虎千尋巨石連空來斷處曾經巨靈斧天池澗湯谷長秋虹萬里橫蒼茫漁舟尾掛金連環鴛鴦飛出蒹葭霜濤陽潮有無白帝在何處回望吳天雁南翔又西翥孤帆遠映青空來綠樹橫分半江去重沙複岸東復張鯨鯢橫斜失依據海月緣沙生珠子隨潮來殘陽尚懸壁素魄先臨臺仙家瑤草九月寒遠公石上三花開燕子磯頭飲牛客偶來莫使世人猜青山對酒誰爲主惟有簫聲晚自哀

積晦

積晦余常薄初暄花亦希蛟潭生潤氣汀樹掛寒暉倚杖白鷗起罷采黃葉飛柴門臨磵道踪跡太幽微

早行

天寒烏未起行李出東臯水白霜高潔山空木怒號杖藜臨澗久控楫艤汀勞昏口忽咫尺吹簫浮碧濤

相思行

相逢何日短相別何日長夢見不得親恍惚生淒涼香囊舊綰同心結玉匣曾留明月璫明月照綉房香囊繫肘後當時長生酒年年同君壽天地本無變人心不逮舊秋風吹落瓊瑤花錦衾歲歲遺天涯寄書日費三青鳥候望虛乘白鼻騧金鋪夜夜鳴彩雲朝朝起忽上南山顛還憑北窓几瀟湘雖渺茫只隔一江水東園連理木同枯復同綠西園比翼鳥同飛復同宿同飛同宿物長情却怪人生離別輕黃金不爲難口血豈容易鬼神聞子言金石知我意爲子寤寐求白首勿相棄相思如環無盡頭進君萱草暫忘憂恩怨難明得自由

泊菱溪懷白貞夫

未即分高榻還應見客星空餘江上笛誰共月中聽別墅多秋色名園散館亭經過難致款回首水冥冥

冬日子重偃約偃吉集予玄秀樓

五湖楓葉朝朝變消夏灣頭一繫舟可恠霜花開石鏡却隨鷗鳥上山樓崆峒未過猶懸想岐路難明且暫休冉冉冬曛薰客眼溪毛寒溢愧盤羞

登第四峯

青磴去已遠蒼藤住未能山高鳥不到天近氣先凝掃石喜無事開巖初得朋落霞三萬頃俯首看呉興

登縹緲峯絕頂

莫訝登高不用扶手招鸞鶴與如何環來島嶼人間小側去陽烏寒色多巖下雨來浮碧靄杖頭霞去落

蒼波千年石上仙人迹爲問王喬幾度過

張東沙署舍

疎槐無雨碧光熒官舍偏宜夏日清軒俯游魚寒藻
轉竹銜瑤砌午葵傾樽前停塵心彌遠言外忘筌勢
自輕未到夕陽猶繫馬放衙甚趂死墻鷥

顧廉憲羅太守秋日塔院

側居阻岩曲暇日鸞節回方軫遲丘隅覽帶歷澗隈
長臺古雄晳領郡令上才列坐陰修竹乘虚眺雲臺
開林面朝市絶磴臨崔嵬紫城流金膏佳氣浮尊罍
具談形骸外高詛穹日冒微茫樂遊苑迷失臺城基
寒雀爭荒稗殘鐘餘暮哀一朝撫寒士千載暮虛懷

題鷄鳴山房二首

山浮寒碧水浮花石壁蒼蒼竹樹斜愛爾玉京秋色
好白雲頭上看人家

來時竹子未生鞭親見山僧種白蓮冷翠光中好啼
鳥半年人宿石堂烟

許攝泉馬子洪蔣子重集塔院

朝輿跂石門宿諾除竹所枝策縈碧巒眺高失秋暑
去鳥經華林來飈自蘭渚合交欣忘形解束獲宴處
觀湖亦愴惶蔭樹宜少許流瀨疏髮襟絶輝洞淵宇
松鳴空中籟絃作泉上語朏留月銜規言旋鶴悲侶
常得遊玄淵何須羨輕舉

龍江歌

江蓮影落空寒碧江雲掩冉江邉驛對浴沙中鷺絲

白飛來菱葉蜻蜓赤龍江八月潮正高我看潮生坐江石石城〻柳猶青青春來秋去何時停酒邊山色〻朝朝綠愁中卷笛難爲聽星亂落霜如雪明河猶掛黃金闕起來彈劍歌一闋懷佳人兮隔洞庭桂子芳兮吾渡浙白雲紅葉相滅明長江秋霽連東濵座上偏多離别聲

陰山風高

陰山風高馬毛縮沙場草枯無首蓿單于射雪蒙縵胡穹廬夜炙熊羆肉樓煩將軍來歘邊雲中萬騎俱爭先漢家飛將鏦槊銛斬得月氏頭血鮮陣雲蒼蒼暗紫塞長城殺氣連狼烟朔方孤兒不畏死死中求生報天子髑髏如柴身捷輕瀚海北去屠龍城歸來

不愛黃金印但愛麒麟閣上名

黃河不流

黃河不流邊月孤玉門吹角啼胡雛蔥山東來烽火息鳴鞘不敢驚鉤鉏去年斬樓蘭前年滅余吾五部俱奉朔百蕃請漢符旛梢天馬來不絕麒麟獅子充天衢凉州小兒閒束手將軍虛杖丈八殳於戲四夷來王近古無四夷來王近古無聖人夙夜勤訏謨元始年間符瑞起憂在蕭墻不在胡

秋日秦子玉過玄秀樓

空谷嗟無侶青山只對門問閭應識樹話舊且停樽晚碧虛搖閣秋紅遠見村藏修休問稼角皓巳飧蓀

送少司馬石峰陳公　朝賀

桂子青青瓔樹香相公麈盖發來陽
兩官絳節迎王母萬國芝函拜
玉皇秋露菊衣天上瑞酒分仙羃老臣嘗賢勞正恐
留山甫衮職匆匆歸未遑

寄王南原太僕

病裏相逢話別離綠窗三月暗塵絲籧廬久入莊周
夢秋色空生宋玉悲湖上白雲頻掃石君家紅葉憶
臨池右軍早晚能揮麈擬傍黄花潑酒卮

大駕北還

鑾輿北渡五雲移親聽鐃歌海上吹黄道香風鳴寶
鉸　翠華秋日到瑤池千官喜得　金門詔南國新
傳赤雁詩六郡良家齊解甲騶虞旗卷犒王師

蒙古信卿畫馬

高鬃青絲背綠騌溫泉洗後立從容奚官袖手天池
晚摹得開元舊墨蹤

維雨二章

維雨愆中旬鳴鳩咼未已瞻望庭户雲昬曉昧桑梓
桑梓不能問矧能越千里菊荒誰爲芸絃亂獨自理
絃亂時一鳴路亂不可尋天陰䰟魎出眇眇愁予心
維雨愆下旬産蝸升中楣飄飄南東畝禾黍一何卑
登隴望陽光束濕縣桑枝束濕復束濕晨炊暮未食
出門即江湖舉目成太息但取王赦嘉不念農夫力

元日主約弟至

吾弟談玄座常瞻北阜雲著書遣歲月埋劍隱星文

春草句已好寒梅香日薰叩門雙屐喜躍破一庭苔

覆舟山臨望

覆舟山頭霽景明長松落落崖石平迴巒秀嶺低復昂傳聞此地爲臺城南望建章宫佳氣何鬱葱秦淮樹中流遥與宫門通城中萬井如綦畫楊栁烟中分紫陌內園蘭桂浮温香戚里池臺蕩朱碧鳳皇樓閣無處尋臨春結綺作梵林樽前却是樂遊苑市朝更改成古今登臨易頭白嘶杯落江日廻望北湖烟蟬鳴樹蕭瑟秋波慘淡荷芰花王皃錦鷄踏浪霞西曹巳鳴馬東署復報衙冥冥壷底月寂寂城頭鴉停琴送盡飛鴻影引領天邊不見家

越城橋舟中

汀洲浮動落霞明竹樹遥開石壁青水到日邊舟渺渺鷺啼谷口花冥冥題詩野寺驚山鬼問月澄湖犯客星鷗鷺悠悠市朝遠携壷重撫范公亭

寄勞甥鳴玉致許子元復

超群志獨美得友室偏香不見練裙短思揮麈尾長珠連珠競秀璧合倍生光聽笛人何在停杯月一方涼風萬里至城郭報槐黄

徐殿讀蒔荔園

思樂堂

卷幔落青嶂開窻浮綠川小堂先哲志肯構後人賢杖屨去已遠桑榆不記年我來徒想像搔首意茫然

石假山

鏡裏落秋水窓中列九華佻池色太古南宮拜自嘉
洞能淹日月巖好宿雲霞何處尋山勝湖南學士家

水鑑樓

秋色本無垢寒泉亦空心遥知天鏡裏有客獨登臨
影月入簾晚腥風揺座陰冷然飛檻外魚鳥候鳴琹

風竹軒

玆境出塵表翛然闌檻虛秋聲掃空去涼影入簾疎
消此六月暑不妨三逕紆相逢稽中散縱酒亦清樗

徐公子東園

座歛鍾山翠城虛白下潮鳥啼花塢雜磴轉洞門遥
傍水邀明月停杯待玉簫月出客已醉簫聲空自嬌

寄陸錫宜俯

汝去吾廬冷空庭緑蘚生春泥活蕙草朝雨聽鵁鶄
老樹新花潔疏絃古調清無書報時事獨酌破愁城

酌酒與姪靈德勵志

莫畏前程遠常如初發鉶百年春未暮游子髩猶青
一樹鳴雙鳥孤亭帶數星花開催雁去酙酒聽叮嚀

暑夕

碧山清簟暑渾消艾葉菖蒲影動揺衔魚水鳥穿花
疾採蓮溪女答歌遥壺中倒景空無際海上蓬萊隱
見標卧起北窓無一事觀棊終日伴漁樵

訪文壽承休承憇聽松房

崖路登登曲鶯啼求友朋園香池竹長林瞑水霞蒸
蠟屐終憂蘚綸巾畏避藤藏脩經歲月乞偈與山僧

勞鳴玉讀孤園

讀易千巖裏令人想綠蘿秋來紅葉亂卧處白雲多
茶竈因泉寄山經選石磨竹邊樵路熟霜後擬重過

送潘子汝亨還盧江

秋光不覺盡紅葉已無多半載同山寺天涯柰別何
短檠猶掛壁長劍不成歌片月隨君遠丹崖空綠蘿

春日徐子民則過玄秀樓

山樓留客晚清話引杯長踈竹漏新月平湖鋪夕陽
春風變鳥語花香開蜜房綠烟銷不盡白鷺起滄浪

寄贈王秉之經府

雲沙何渺渺不見子猷居少室星辰動重湖烟浪虛
載回天上鶴草得枕中書玉雪郎君秀于公固有餘

吳秋官惟新席上

鍾山桂子早秋愛白雲司鳳野回　黃屋龍城帶綠
陂酒中聞大道絃外得相知璦樹果消渴風流端在
玆

守谿太傅見招

相公開綠野題咏屬諸生松下琴罇爭城頭雲鳥晴
碧桃封玉洞紫鳳發秦京要識夔龍味從容酌大羹

春江圖

錢塘江勢闊小艇剡溪來樹綠津橋合天青石壁開
泚泚烟入手園圃月瀉杯百川波浪暖二月已生苔

李時賢別十三年始得相見悲喜交集燈
下賦此

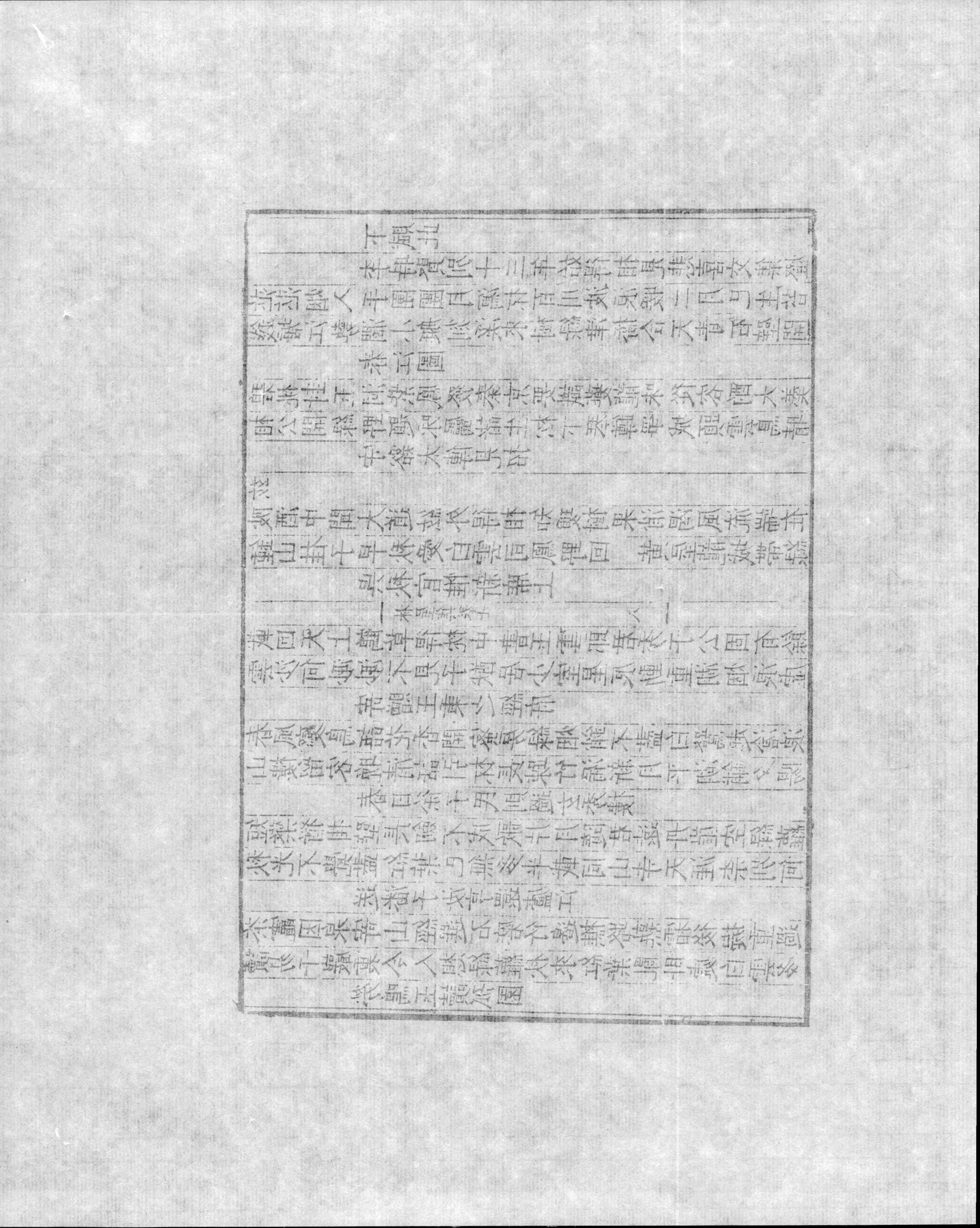

[illegible]

八州新戰後萬嶺遠來人驛路逢歸鴈天涯戀暮春樽香月出早花夜鳥啼頻把袂先憂別何如夢裏親

春盡馬禪寺

斜日上河股殘春投佛家維摩元有榻優鉢已無花桑下曾聞道松間聽煑茶坐來心自適此地寂無譁

牡丹宴李子時賢

名花不奈江湖冷歡會難酬久別情水上月來殊悄悄峯前霞起故盈盈流檀細逐金樽轉啼鳥休令遠客驚正是綠窓芳草地却憐人面獨分明

送王子望之春試

平生子虛筆新瑞吐霜毫此去登天府重看奪錦袍溪雲不共宿山月亦虛高獨咲朝歌老時明尚鼓刀

登長干浮圖

江煙何太碧寶塔客能攀晝靜有雲宿天晴見鳥還潮聲滄海岸樹色歷陽山豈是吹簫伴來吟霄漢間

懷陸子玄

月出前山白水長花開北苑桂枝凉空懸錦瑟人何處不候香車徑半荒秋興有期雲際榻舊題重埽石間霜多君不特辭章美世外談玄趣未忘

書懷

夕花留青苔朝霧宿朱幕草色滿池塘鳥啼空山閣已負春前期始覺夢中錯悠悠湘江水臨酒不能酌

清凉寺赴趙敦夫 二首

入逕雲已遠雲中更有臺天開　京國壯樹隱漢江

來複澗寒疑雪懸崖滑有苔悠然明鏡裏得友好嚬杯

六月豈無暑林間獨洒然鳥啼三面竹雲動一池蓮巳蛻塵中骨誰參石上禪鍾山有餘翠終日墮杯前

秋日沈明卿至山房

江上秋來好碧山共揮談塵翠微間藤蘿欲暝愁猿嘯松朮初香愛鳥還鏡裏風花猶點點琴中寒澗自潺潺慇懃解我玄經意相對候巴未厚顏

陳秀甫載酒幕府八韻

華軒多野色槐影動涼天幕已迎秋霽庭猶愛禁烟曳裾何邐邐載酒慰幽偏山鳥喧還喜林花暖欲然鄉情誰最切世義我叨先談借王生塵吟同謝客篇近池霞未落遠樹日猶懸佳期不辭醉擬共青氈眠

贈陳督經

幕府聞房松栢香冰絃不動午風凉美人脩竹湘江近秀句黃花秋興長座上難為無忌客苑邊容得子雲牀山迎碧宇流霞淨紫氣朝朝發錦囊

虎丘退居集友人二首

磴從天上轉林忽水邊迴芳草未全歇白蓮將又開鍾鳴雲起鉢客過雨生苔四境盡空寂禪牀安在哉

檻外斜吳苑林間促羽觴池花搖暑淨泉韻靜松涼念別經時久重來咲客忙小吳斬重月臨發戀清光

吳門夏日八首

邗溝風動水萍開暖日遊絲覆酒杯吳越旌旗二千
載落霞多處一登臺

十里汀洲白稏風梧桐園在舊行宮不聞鸚鵡開籠
語唯見荷花貼水紅

天畔故人空有約雨中精舍寂無譁重重綠樹藏啼
鳥日日飛流送落花

闔閭城頭多夜烏金昌士女唱吳趨儂家咫尺猶開
恨誰道遼陽路不迂

吳鈎靶短紫絲長舞袖連牽踏月光莫道别時秋尚
早夜來桐葉已生霜

落日投竿撫釣磯水花如雪玉皃飛羅裙搖擄橫塘
近何處菱歌月下歸

夏駕湖頭盪槳輕武丘山上汲泉清江南水宴鷄頭
綠脩竹叢中好聽鸎

煮來菰米瓦盆盛新婦能烹瓠葉羹我醉復醒醒復
醉滄浪聽得不分明

頌孫堂席上三首荅鄭常伯陳道通陳道
濟陳子顯

樹中江宛轉烟外路微茫鳴雨客何遠留人情更長
熟梅吹草綠百合映堂香但怪鸎啼急何憂燈燭光

正是楓橋北青山一向斜開尊拂水鳥倚瑟送窓霞
飲合朋簪洽遊兼文事嘉天陰客發緩繫馬戀雲沙

王子天文沈子明偶見過

草綠天無際山深客有情陰房穿礀冷青嶂繞雲平

[illegible]

鳥譁家樹僧迎谷口旌武陵春未盡莫信片帆輕

潘子脩伯陳子啓之秋日登縹緲峰

秋光羣宇遠寒山青道斜仙人期采藥綏服好乘霞
天近遊常悠巘空到亦嘉風輕萬水靜正見十洲花

春日宴燕翼樓與履約昆玉

新水生魚藻江花發野棠樓臺春酌綏賓友道風長
美豆重珍鱠名言聞異香莫愁舟去晚明月在河梁

携壺

村村有流水樹樹好題詩雲館臨梯峭風林出月遲
活魚供玉鱠新藕擘銀絲滌暑翻宜酒壺觴晚更携

憑虛閣晚眺

入寺先觀竹尋山便作眠雨乾嚴翠落溪暖棧花鮮

風靜忽語鐸春深初種蓮草堂無處覓開山不計年

雜詩五首

素女手中絲化作玄夜霜夜長聲不絶擬織雙鴛鴦
雙飛復雙宿比翼無猜防中恐遭分散悲鳴各一方
恩情難終極離别易悽京言念薄倖人拋織裂中腸

女蘿有遠條托附青松樹飛揚日榮好身高不知懼
棘心一何多纏綿復太固土薄根終危剪伐將安措
立身無依阿致遠在跬步燦燦青雲途遲遲屨回顧

瓜苦不可知溝水不可踰人心若高山欲叩焉可虞
儀秦反覆子陳張功利徒口血尚未乾安得操戈殳
我有一樽酒爲子陳區區忠貞苟自愛白首免長吁

粥粥孟姜操霜雪爭寒輝豈不願偕老勵志甯暫違

良人多歡護謠妬生是非秋風落長門寂寂悲羅幃明月照幽房切切鳴素機懷忠不見報誓信祇取譏姦回日崇長漸致耆舊希太陽不回光長夜將安歸門外縶白駒堂上陳絲簧今日樂相逢良友忽滿堂晨光臨觴坐徹燭歡未央高談薄雲天名義烈秋霜神恬適吾真志曠無猜防永言鑒千秋焉得不流芳

泊龍江

虎旅霜鳴斗王人夜守津已聞歸塞鴈不見渡江春溪館白雲宿漁罾碧火親半輪闌上月起照候潮人

贈陸黃門子潛

藻思馳文苑新銜出諫垣向天脩袞職待漏佇金門相馬非凡目蒐材屬大藩

不知天下士誰得慰臨軒

採桑篇

朝採桑夕採桑長安春盡烟草長釵頭綢虫結鳳皇朝來暮去不滿筐不滿筐多縈牽誤折合歡枝青青雙可憐踟躕未能去黃鳥鳴枝巔鳥鳴轉悽惻玉腕雙無力紅塵綠鬢暗天涯舉頭日暮空太息本擬春蠶繭成疋縫衣寄與隴頭客綠錢遶樹無心採暗滴臙脂涴裙碧涴裙碧臙脂銷愁心欲寄路轉遥蒼茫晚來濕羅韈東風暗損羅敷嬌嬌易損恨難酬千絲萬鬢徒綢繆夫君若識金閨意不使佳人空白頭

秋夜虛白東堂赴顧貞卿召

瓊巵承露氣醴酒發秋香鍾起烟初合蟬鳴院早凉
縣燈桂影緑搏座菊錢黃别促憐明月常悲行子忙

嚴學士鈐山堂十二韻

開門展雲山座上掃寒翠木秀千巖踈花幽萬谷邃
川流如白虹郊原亦明媚水陸俱清華俯仰成品位
靈光拱四簷盤鬱起祥瑞主人玉堂仙璚樹迥無累
牙籤三萬軸文采映天地泉香渴猿窺囿緑珍鳥至
丹霞入彩毫皓月發秋思一入
金華筵松竹付童稚乃知光岳間挺生果卓異宅年
玉帶歸山靈喜無媿

陽山草堂

伊昔思陽山几棲不時至御風乏仙才延佇日縈志

逍遥山中居虚無霧端士懷哉殊不遐欣然若將遇
蔚蓴高林蘿鮮狎蘭若翠玄黃采金膏丹青服雲氣
昔沮飯生眩今諸甲乙歲奇草俱延齡銀房有虚位
神飆窓間出揚㸐散塵翳屬音已恍惚扣岩必靈異
雖畏碧瀑寒鼻兆秋暑厲子能命鹿車亭方緩鸞轡

吳東磵品悟道泉

青霞翳杳嶂緑竹迷重關豈知天窺靈千古封潺湲
取供學佛人一飲通聖頑吳公吾舅氏心與泉石閒
品水得方法勝事傳人間白鹿一朝去妙韻不可攀
至今蒼巖下屐齒生苔斑松杉擁寒磵唯有雲月還
阿戎亦佳士吟咏與不慳欲覓舊茶竈同子卧東山

林屋山人集卷之七

林屋山人集卷之十

阿放亦往士今來與不樂欲有讀參寫同于世東山
至今眷巖下最齡主治理松林清其間唯有雲月還
品水得方法勝事傳入間白鹿一朝去難覓不可攀
取供與學佛入一絲通聖通吳公吾遇凡心與泉石閒
青靄瀰杳嶂絲竹迷車關出近知天聚靈千古封漫

吳東閒品題道泉

雖見詩湯寒異兆秋是澗千能命鹿車亭方綏纓
神風窈聞出淵幾嵌連靈滴屬音已洗清拍出石必靈異
昔沮錢主昭今語甲乙效奇卓俱避黍氛亭有虛位
荊導高林羅翠御蘭苕寒芳芝黃來金膏丹青浪雲氣
追過山中居虛無深諾士懷古來不限所然若將遇

回昔思陽山八慶不特王酒風之仙才延佇日樂志

陽山草堂

王帶歸山靈書無號
金華從松竹童稚乃知先吾間採往果草異古年
丹霞入衫毫皓月發映思一入
千巖三萬軸文采映天地泉香浴深竅園綠移島至
靈光共四瓊瓔祥瑞主八王定仙境樹迥無界
川流如白虹外原明通水陸但清華俯仰成品位
開門見雲山庭上掃巢集木秀千巖無花幽萬谷邃

嚴學士約山堂十二韻

縣燈桂影綠掉度淘疑黃狗促彈明月常悲行子詠
嶺危承露體酒餞秋杏鍾進烟初合鍾鳴院早涼

山人　蔡羽　著

進酒行

氷盤清寒沉李赤蔗漿調和子鵞炙天何處生氷雪月出花香好留客麻姑井泉金汁濃水晶壺瓶傾琥珀巴渝身輕捷越女天下白曲易終懽無極有客白晳鶴氅衣手持如意生寒輝清風揚揚起江漢坐來黄鵠銜天飛天河出烏鵲回短簫颯颯生清哀哀懽苦樂不可知良辰美景懷須開劉伶不飲今在哉

送葉敦叔還慈溪

秋暉杲澄江丹楓隱金闕懸念慈湖霜棄捐白門月與君俱他鄉天涯勿遽卒青青憐桂枝去去悲短髮日暮琹不鳴樽空烏屢泛送君轉依君清夢先颿越

送大司成崔公歸鄴

盧龍旭日照微霜江郭烟銷萬木蒼畫裡祖筵廻海色鏡中鸞鶴度嵩陽仙人垂手能相引
聖主臨軒得未忘秋興不如明月遠伴公吟咏上公堂

采薇三章

采薇南山下忽憶千里人豈無臨岐言一別今幾春舊交容易新新交容易親緘書重復啓曲折情難陳勿陳逢彼怒人心不逮故願言秉子德千秋愛貞素

采薇北山巔遊子日已久不見的顱高終辰抱箕箒

瀧水何年分白石何年朽嗟嗟紅顔子誰與共皓首
皓首疇昔期人心不可知天地苟無變片言至死持
采采中阿薇終日不成東越鄉無的音日暮亂心曲
飢鳥啼我傍忽復止渠屋延佇惡書長夢見惡夜促
夢見猶平生人言詎可憑去服一何馨受言藏新縢

至日前夕蔡子玉卿莫子惟誠莫子君父
金子士瀛集寓樓

小閣何妨塵尾長共臨燈影拂清霜京華更覺南音
便璚樹能令玄酒香宮漏初清月上幕寒梟未定水
春塘文園病客歸無日空復陽生在異鄉

天平山

采綠南山暮乘霞北搗朝石攔迴碧澗銀磴到丹霄

香饌出修竹晴光動遠條平生瞻望處今日坐岧嶤

寄吳子純叔

當年
帝里別歸卧綠蘿房不見金門月空思瓊樹香誰言
門第逈偏愛道風長萬里鯤鵬翼天衢早激昂

愛日亭贈顧東橋

却老自宜開藥圃鑿渠真可接魚梁鷺鷥細入清谿
路花氣難銷玉樹香竹裏草經縣榻久壺中得道引
杯長青桐葉底曾眠客滿院凉陰夢石堂

暮春山居

斜廊下塔影半頫送湖光紅霧花藏鳥寒泉竹隱房
空虛時墮翠寂寞自生香客過蒼苔合翻經日漸長

空虛時聽畢逋寒莫自生香客過耆舊今蹋經日新長
斜陽下塔影半簷殘湖光綻霧荷藏鳥寒泉竹隱亭

暮春山居

杯長春青閒華凡曾飛各消清涼伴苦夜石空
路花飛彈鋪王樹香竹裏草經濛潤又苦中得道行
岩老自可聞藥圃翻泉真可與色點翠鷺繞絲人清谿

發日亭唱酬東坡

門第通篇發道風長天萬里鵬翼大鵬早欲下
帝里到歸田綠蘿春不見金門只空思憶杏壇言
當年

寄吳千秋

香饌出修竹嘯光動遠林平生事羅今日坐芳蕪
林居春暮
來綠南山暮東霞比臨碧石欄與詩潤銀霞到月寒

天平山

春語文園病客歸無日空復隨生在異鄉
便倚樹能令交酒杏苔滿初清月上暮寒息未定木
小閣何妨塵尾共臨落影清滴京華更覺兩音

金千十士藏寶嶽

王日前分祭千王起莫千推誤莫千君父
夢兒酒平生人言可憑士服一何翳交言藏新縢
餘鳥帝我作忍復止湧屋近行東書長滿見殷夜促
來采中何識絲日不成東城鄉無的音日暮飄心曲
昭首歸昔期入心不可知天地者無變乎言至死拜
灑水何年分白石何年栖溪謝猶乎誰與共昭音

陪蔡許莫三子酌憑虛閣

樹色帶京邑山花拂鏡中石樓朝雨歇蠟屐勝辰同
鳥散動巖翠泉香流澗紅相逢但揮麈情思滿江東

送金子士瀛春試

歲暮同京華安危隱相託念子千里行令我情不樂
水寒木無花城高日楓落言征在須臾臨酒不能酌
天王開宣室求才意不薄子有補天方遭時須踴躍
昔美子輿守終然季布諾寄我尺素勤遲持慰寂寞

贈王慶辛

可愛名家瑗樹枝白蓮花畔看臨池武陵舊搨糢糊
久番得蘭亭玉枕碑

安西路

噫吁荒哉邈焉殊疆柰何窮之沙河隔斷西比戎三
十六種不與中國通張騫思騁焉乘欲卻從西海脩
武功窺胡九千里忽到烏壘城行盡西天路始鑿葱
嶺行攔崖嵬兮距岩嵲馬步相持氣索索三十日兮
無火烟沙蒙天兮隱隱見日落天將窮兮路無邊獸
卻奔兮鳥不前大小頭痛山欲度何間關嵯乎千里
繩牽徑線緣華子十去九不還請陳條支水西濩濛
汜津徒聞王母居無梯上崑崙夸父之疾尚不能力
徧敢與飛兎爭絕垠凌天臺兮欲橫絕亘漢日兮雖
飛越但見狻猊鋸牙犀象成林春無綠草晝惟陰
晨轉阬谷間六月常雪深死生永絕域骨爛無返音
於戲田輪臺重九譯窮河源竟何益醜形異狀二萬

谷蠡田輪臺重九譯河源竟何益醜正兵戎三萬
員轉戰谷間六月常雪深死生未論決胥皆
飛遠但見後塵羣鴉爭集欲林春無綠草青海[illegible]
偏[illegible]與邪勇絶東逐天高不欲擒傳遞漢日午[illegible]
池潭共聞王母居無神上葛倫夸大夾尚不能力
繼辛羶寒棧華千十去九不還遠請陳條丈未西潮察
方前吁嗚不前大小頭痛山殺度何問關重千里
無火烟沙棠天乎隱隱兒白落大漠窮十路無還影
黃沙門蕭萬乎路茫單馬[illegible]衣寒三十日中
功寬苛九千里忽回烏[illegible]減行盡西天路[illegible]
十六種不與中國通張騫思騁志未欲試西河濟
竟乎荒陂遐居諸邊奈何待入沙河隔海西北改三

湛然居士文集卷八　三

又寄平陽蘭亭王[illegible]

安西路

可汝名宗[illegible]拔白蓮花甲看臨池波陳書揚數將

贈王學士

昔美千興守孫悉季布諾爭救可秉勤進[illegible]涼莫
天王閒宣宅求十意不講手布雄天方遣屏須碑觶
水寒木稀花城高日颯落言征在賓鬼臨酒不能酌
歲暮同京華安危誰相許念千千里行今秋情不樂

送金山士[illegible]香

爲政勤職翠泉香流澗紅梢遙何禪應悄悠滿江東
[illegible]西帝京品山花滿城中石樓雪雨明媚廣[illegible]同
陪[illegible]其三千[illegible]西[illegible]閣

聖豈有馨香朝玉几金錢寶弊委胡沙空使豺狼殺
赤子中華珍果如山積蒲萄首宿非玉食軒皇天數
馴麒麟死王之馬何足馴雖然通西域有深意但使
匈奴斷右臂都護之設中國敝
聖伐羈縻得上計

寄王南原憲副

河洛無消息京塵失路岐楚天黃落曉江館別離時
作客聽猿久歸田解紉遲故人今鮑子三北莫深疑

劉南坦太僕應　召二首

歸田不束帶寂寞畏聲聞深鈎磻溪水高棲浮玉雲
忽聞青瑣詔驚散白鷗群尺五
臨軒意其如　賢聖君

補天皆職業對馬亦忠良但免徵科虐均爲癈理方
何須假和好端可峻疆埸荀況談兵罷賡歌上　玉
堂

百花洲

香徑幾時迷鳳舄春風猶自遶滄洲叢叢蝴蝶烟房
冷對對鴛鴦錦浪愁綠霧難藏皓齒咲青山空隱黛
蛾羞蘭舟日暮頻回首中流遡洄何處求

贈陳道復

風流雖脫略翰墨總横斜畫入南唐苑家藏北杜花
醉中小宇宙隱處縱雲霞吾道固如此旁人底事嗟

餞友

餞子江之沱送子喻隴首子亮江彌深隴行李程久

贈子汪大浩送子倫隨首上京汪珮深隨行李裝文

餞文

壁中小宇宙隱處繞雲霞吾道固如此旁人底事嗟

風流雖照路翰墨繞横斜畫入南宮苑家藏杜老花

贈陳道復

蛺蝶嚮年日暮頻回首中流遡洄何處來

今對鶯驚錦浪愁綠霧樹帶啼鳥天青山空隱樂

香逕殘暉深風日暮香風酒白蓮會洲叢叢蛺蝶煙房

百花洲

堂

何須假和好語可發遍塵寰況哉共源廣歌上　王

補天苔籟業動馬行忠良恒宛徽科重昭爲蔡理才

示集卷八　四　一

臨軒意其如　賈聖君

忽聞青瑣語驚散白鷗群　又　王

歸田不束帶安宴果華間深釣番溪木高樓浮　王雲

劉南垣太僕應召二首

作客驅馳久歸田解組遲故人今絕千三比莫深疑

河洛無消息京塵失路岐楚天黃落晚江浦別離時

寄王南原憲副

聖代輸誠得上計

留戎國古背都護之安中國哉

興與雞犬王之馬何足馴錦絲通西域有深意恒使

亦千中華珍果如山積浦萄旨酒非王食軒皇天鼓

理苦行蕃香朝王凡金錢寶貝沙空使殊絕殺

念予若珙璧珍重不釋手兩懷豈有間形合不見醜
予爲老聃龍余媿墨翟守苟使盟不渝片言勝瓊玖

雨中張膳部見過

碧署晨衙散東曹細雨來城隅迴紫陌官馬踏青苔
好古多題品餘春費剪裁滿樓佳樹色點筆緑烟開

送黄子誠甫守吉安

瓊樹花間簇馬鞍元侯仗節楚江干氣吞彭蠡秋濤
壯興繞匡廬石鏡寒天遠敢忘方面重階高應爲得人難清風處處堪談
道莫怪棠陰早築壇

送陳良用還睦州

傾蓋陳琳意氣嘉春山旅食共京華美人歸去留明

月黄鳥空啼怨落花秋榜奪標知妙手天機照眼是
名家因悲駑馬蹉跎日欲步追風白鼻騧

高郵懷朱太忝升之孝廉振之

高郵城上晚霞明耿耿難爲故舊情休將鸚鵡驕黄
祖欲頁龍門御李生草堂已見星辰爛蘭玉無如兄
弟清雲樹重重湖渺渺晚來空使遠人驚

至樂樓

彼美山中阿爰樹松與栢緇衣適私居拱帶對郊陌
抗館浮青雲長林翳華宇連峰交綺疏汗漫逝不息
區區竭志節耿耿爲社稷俯仰予何暫顧念彼已偪
所以四海樂未若寸心得孤懷詎暫寧一飯懸九
極手沐鸞鳳音時時展殊錫四耄連三公群玉列九

棘人人殊忠孝至頹愜疇昔廊廟與山林無庸判形迹能忘得失機長逝逍遥域野鳥勿我猜害馬久云釋種藥有良方談農任賓客高風出軒冕遐邇滌清德

芳洲書屋

萬水縱横去千峰宛轉迴溪花終日發林靄不曾開卜築依沙鳥浮遊結渚梅霞宜隔樹看月自與潮來春草夢未已釣圖人擬回但忘朝市念得免海鷗猜

高郵舟中留别朱子振之張子世卿朱子子价

杖策愴惶話路岐闔門欲去幾人知天涯苜蓿鳴騶遠雪後虹蜺載酒奇淮海相逢聊擊筑滄州留別再題詩明朝便是江南北莫怪寒鴉日暮遲

芍藥

三載京華夢多情芍藥欄開樽逢一笑秉燭共誰看巳遍汀洲緑猶多麥秀寒玉顔宜半醉莫訝晚來丹

李翁將赴池州就養來遊舊都

秋浦千里月鍾山一片霞朝遊方曳杖暮宿且停槎有子官方始如翁老亦嘉匡廬在隣郡早晚興無涯

陸子叔平見訪

山雲緲緲水悠悠萬頃波心一繫舟正月尚留紅葉影春花欲艷白蘋洲筆間烟霧開圖畫醉裏江湖動斗牛莫道千岩徒惧客君家曾有舊松楸

未至林屋洞

跂石林光遥遞晨里墟靜薈蔚方沓來參差亦虛映
雲問青城路水上碧霞磬未叩白玉扉于心已先競

柴光祿壽日八韻

爲官常　禁近出入五雲中聞報鸞坡政仍脩玉府
功鍾山迎署綠宮路引裾紅南邸抃清埜　中朝想
素風華京多選勝藻思付詩筒篤許方諸老丹猶狎
八公已經金鑄骨莫訝玉還童玄德知無愛其如爵
轉崇

雨中懷師古晳宏二弟

近秋蟬噪急經雨蔓難行高館虛霞影空堦憶屐聲
山深交轉闊冊久道還成莫咲石床冷青芝昨夜生

歷歷三章懷後渠崔先生也

歷歷河間星伊人一何邈三秋無會期離別何草草
三秋復三秋飢來惄如擣言念金玉音恍然麥塵表
緇衣豈不適無由附歡好歡好信有天願言常不老
歷歷河畔斗伊人何迢迢或在嵋之阿亦在山之椒
長暇疇爲親圖書日逍遥逍遥豈宴荒玉德轉自昭
鄴官鹽復紆伊闕遠岂堯嗟予不能從曳裾顏日凋
歷歷斗君箕美人在西北撫我袖實短將我不能即
蕩蕩春陽功乖陰同噓息昭昭彝鼎間孰謂非汝翼
忠良不汞磨　重瞳哉咲色小子無贊辭願言慎明
德

壽小宰朱玉峰先生

當年文章有氣格獨步瀛洲竟無匹袖中綵線縫袞

衣毫素金膏奪紅日石渠聲價三十年明光草書幾千帙董生博大官轉遷公孫後來行自疾于今長者當復誰此老真為百僚師從容不覺近三台五十何人髮如漆佳期尤喜接孟光太公西母齊康強近臣總得黃封酒好對鍾山開壽觴

張膳部席上

官舍迴深巷頻來識苑墻綬吟春草秀靜語晚巵香沙柳初藏鵲溪雲復滿堂官橋紅燭散驚動宿鴛鴦

贈潘子汝亨

紆我竹邊屐掃君松下床炎天素花落靜語道風涼栗待東堂月茶餘晚院香山深獨來往何處最形忘

秋日張子子饒東樓

房前翠塢藏鶯曲所上青絲挽客長花砌陰陰移夏景荷香細細起池塘總年久羨金蘭契入室曾分瑣玖光更上東樓望南陌令人迷却輞川莊

送王履約春試

漁陽十月角弓寒首指蕭蕭汝馬鞍白雁度江書好寄青雲盈路別猶難隨珠照夜應無價卻曲逢人不浪彈滿了袖中新賦美但聽宣召上金鑾

許彥明山房見過

青崖丹谷樹中梯秋日壺觴在竹西子有高情巖畔宿東林同聽白猿啼

寒潭石壁下斜曛同掃蒼苔看白雲山色可憐人欲去明朝潭上奈思君

秋日歸山中二首

短棹入溪谷客歸猶佩刀鍾聲散朝靄曙色下林皐

蘚落寒泉細雲移碧石高家家拾松子冬近漉村醪

秋容踈淡甚旭日滿平沙入徑斜斜竹臨溪點點花

橙香思鱠玉霜落早收瓜綠草深門巷江鷗共一家

金陵客舍逢吳子

碧霧橫虛閣青林懸早蟬杜鵑朝吐萼䴉鴨暖生烟

舊恨醉中洗殘書病裏編相逢延陵子江上撫冰絃

贈伍水部疇中

白雪才元富青雲意自寬詩精宜水部臘暖媚冬官

愛客仍開閤輕裘別製冠友生誰晁舊莫厭劍頻彈

元夕賦陳朝爵席上

元夕天和煦閶門月更新珠燈回白晝畫鼓起紅塵

老眼看花澁嗚梟送酒頻諸君多勝事予亦悉良辰

久雨荅顧子見贈

春花去春燕來十月風雨門不開紅滋一夜隨流水

百丈游絲牽不回司勳顧子錦繡心坐憐春色多沉

吟憂雨憂時懷不忘長篇短句留情深知君自有補

天才如何邀我同山林長安多車馬芳草暗門巷傳

聞蛟出谷無乃水靈降顧子草經處青苔上衣桁報

我瑤詩筒分明見高况予本比山鳥蹭蹬依南宮多

君憐羽毛太息樊籠中淫雨憂生民復此羈旅情炊

烟結窓几樹色空滿城讀子春草篇一洗雙眼明我

云蒼蒼本好生況今臺寺多清平春農日日荷鋤待

無爲載使飢民驚隄楊水中青魚梁漸蕪沒東濕之陽睇移家避蛟窟白髮空懸慭藿愁尋君欲話江邉樓金門月色依希動好挮簪梧作夜遊

蟋蟀篇

露蟬盡抱枝頭枯黃葉巳逐秋風去空山夜靜深閉門何事啾啾達霜曙候蟲變時序更江湖催促遊子情戶之樞床之足愁人不寐起秉燭十月未授衣九月未築場歲寒始怪農家忙嘻嘻夏屋爾何爲欲祭先農無酒漿一粒須辛苦萬鍾戒怠荒聽我蟋蟀歌瞿瞿無太康

送陳子啓之

春去開門緑鸎啼畏客歸舊蹊經樹合片石自雲飛讀憶松間火吟虛水上扉巳通南磵鶴莫棄北山薇

宿顧貞叔話别

紫台瑤砌曲緑雨夜林香竹下移書案花間借石床話嫌更漏促别惡柳條長此後南飛鵲相憐月一方

貞叔館話彭子孔嘉

春宵遞長燭華館集後英馨香盈爾懷文采相軋傾褑衿念先子彈鋏多悲聲蹤奇敢卜程物異遭屢驚雨鳴當床竹緑水波前楹停車待明發危酒未輸情貂矣千金襲提携蹔自輕

山晚憶陸子遠沈明卿十二韻

初冬天未寒雨過林光接丹梩擁青崖重重間雲葉古木猿垂條山城烏歸堞阡陌俱懸黃梟葵巳落莢

鴻雁護水田霜旱喜初涉擬過孫登巢將狗謝公䌛
沙明月欲生酒清未同秋安得二三子松下聽緩頰
金闕烟際來蓬萊鏡中疊瞑鍾踰嶺長嵐陰向晚怯
行曳碧澗端眠與白雲貼山空瑟不鳴磵下谷風獵

謝白齋何老先生見過

竹間寒士榻花外上卿車過轍春猶在題巖秀有餘
多容方信大下照自成虛竊羨青青草親承翡翠裾

謝華泉邊老先生見過

長者停車處寒生晝布暄青山轉比郭紅樹合前村
咲入原思室光盈孺子門風流在人品頌德我忘言

龍江別友人

秋風吹玉樹畫角有邊聲山過歷陽晚雲開鳳野平
古來然諾重今日別離輕把酒欲揮泣天空江渙明

顧貞叔新軒

竹發護朱楣簷虛多碧光新軒如有待晝坐不知長
話別思明月追求費短艇菖蒲花未落城郭近端陽

陸叔平席上

翠竹雲霞淡餘花鳥鵲喧斜陽醉不發五載別難言
晝裏移青澗城邊撫綠軒吳宮有新月上馬任黃昏

朱邑符碧藻軒三首

曉霽出城郭忽然開茂林水亭荷遶砌夏日竹敷陰
世濁難清夢潭寒可見心丹霞常在檻不惜捧杯深
長川當酒綠說自匠門來細轉花房靜晴翻荇藻回
石床端可臥沙鳥畫忘猜吳下朱張美名園殊快哉

五年江海别雨度竹陰行雲護松棠靜沙憐鳥共明對君誠出格顧我豈勝情回首望不極莎烟終日平

荅沈太學少喿

河上脂車集樓中夏簟涼捲簾人看雨拂座草生香湖海蹤難合城隅話漸長啼鴉滿高堞歸路畏微茫

李季喬園亭

官橋繞一轉何處得孤亭雨後山逾綠城中草自青書窗有啼鳥野服襲幽馨坐久花陰合開函拂石經

荅金懋仁見贈

昔愛揺城水今逢安上孫瓊枝朗秋色蘭氣襲春溫格律卑時尚風騷可細論新篇無以報烟雨蔽東門

再送楊夢羽

朝猗井邊蕙夕戀城上楓孤舟逗晚潮日薄江水紅遊子揖我去情重懷不同應詔何紛紛枚馬競豪雄但羨子行美休嗟余數窮相思不相及揮手送飛鴻

送錢秋官守臨江

天語初傳紅日角行人早發白雲司橫江樹色偏憐暮秋浦猿聲可在茲王道豈須全讀律郡章應不廢吟詩潁川暫爾難留戀黃霸名香廊廟知

贈毛子純叔

擬載玄明月親携虎阜雲林坰入啼鳥屐齒藉香芸虛室心無垢微談客與聞泖光湖上促瓊樹坐思君